LA VIE ET LA MORT,

POÉSIES DU XVIe SIÈCLE,

Par P. MATTHIEU,

HISTORIOGRAPHE DE FRANCE SOUS HENRI IV,

PUBLIÉES ET AUGMENTÉES

DE NOTES ET DE COMMENTAIRES,

Par Joseph ROSNY.

Quod fuit non est ; dum tempus
habemus operemur bonum......

A PARIS,

DE L'IMPRIMERIE DES SCIENCES ET ARTS,
RUE VENTADOUR, N.º 474.

AN XIII. — 1805.

À Monsieur

REGNAUD (DE ST.-JEAN D'ANGÉLY),

Conseiller d'État, Grand Procureur Général près
la Haute-Cour impériale, Président de la
section de l'Intérieur, Membre de l'Institut
et grand Officier de la Légion d'honneur.

MONSIEUR LE CONSEILLER D'ETAT,

Si presque toujours la flatterie s'empare
d'une Dédicace pour exalter les connaissances et les qualités de l'homme en place

qui a bien voulu l'accepter, ce n'est pas envers vous que je me rendrai coupable d'une semblable adulation : je suis trop pénétré de la faveur dont vous m'avez honoré, en me permettant de placer votre nom à la tête de cet Ouvrage, pour employer un moyen si peu digne de votre caractère.

Souffrez - donc, Monsieur, que ce ne soit qu'à l'homme de lettres, qu'au membre de la plus illustre des sociétés savantes, que je dédie cette édition des *Quatrains sur la Vie et la Mort*, par *P. Matthieu*, historiographe de France sous Henri IV : la philosophie de ce Poëte, la vérité de ses images, la concision de son style, et souvent même la noblesse de sa versification, seraient des protecteurs assez puissans pour lui faire espérer un nouveau succès, si je n'avais accompagné son Ouvrage de notes morales, critiques et littéraires qui sans

LA VIE ET LA MORT,

POÉSIES

DU XVI.ᵉ SIECLE.

Il n'a été tiré de cet Ouvrage que 5oo Exemplaires, dont 5o en papier vélin.

doute ont besoin d'indulgence. Eh! sous quels
auspices plus favorables pouvais-je les publier, que sous ceux d'un nom aussi justement honoré que le vôtre!

Je suis avec un profond respect,

Monsieur le Conseiller d'Etat,

Votre très-humble et très-
obéissant serviteur,

Joseph ROSNY.

AVERTISSEMENT.

Je dois au public quelques détails sur les circonstances qui m'ont procuré la découverte de cet ouvrage, peu connu jusqu'alors, et qui, sous beaucoup de rapports, méritait de l'être. Retiré à Autun, il y a quelques années, je formai le projet de me livrer à la rédaction de l'histoire de cette ville célèbre, autant par sa haute antiquité que par le rôle important qu'elle a joué jadis parmi les principales cités des Gaules, et j'invitai à cet effet les savans et les littérateurs de ce pays à contribuer au mérite de ce monument historique, en me donnant connaissance de tous les matériaux qu'ils pouvaient avoir entre les mains. Parmi la grande quantité de papiers qui furent en cette occasion tirés de la poussière, le hasard me fit découvrir un ancien manuscrit sans date et sans nom d'auteur, d'une écriture peu lisible et surchargée de ratures. La curiosité me porta à tâcher de débrouiller ce chaos, et je fus surpris d'y trouver des passages de la plus grande beauté. Cette découverte m'encouragea : j'entrepris de transcrire en entier ce précieux monument; j'y parvins, non sans beaucoup de peine; et c'est cette même copie que je me crois tenu de publier aujourd'hui sous le titre de *Poésies du XVI.ᵉ siècle.*

Il ne sera pas difficile au lecteur de remarquer les beautés qui s'offrent en foule dans tout le cours de cet ouvrage, qui eût été suffisant pour assurer la réputation de son auteur, s'il eût été plus connu. Cependant, j'ai acquis la certitude qu'il appartient à un nommé *Matthieu*, conseiller intime et historiographe du roi Henri IV, quoique plusieurs personnes l'attribuent à un certain *François Perrin*, ancien chanoine de l'église cathédrale de la ville d'Autun, homme d'un rare mérite, mais peu connu, et auteur d'une tragédie intitulée *Sichem*, remarquable par l'originalité du sujet, et plus encore par la bizarrerie du plan et sur-tout par celle de l'exécution *; mais plu-sieurs raisons me portent à rejeter cette opinion, comme étant dénuée de tout fon-dement. La première est la différence sen-sible qui existe entre le langage du siècle de *François Perrin* qui vivait en 1530, et celui de *Matthieu* qui écrivait en 1600. Quoi-qu'à cette époque la langue française fût encore bien éloignée du degré de perfection qu'elle a acquis depuis, elle avait déjà subi une grande réforme, et était beaucoup plus pure que sous le règne précédent.

D'ailleurs, on sait que chaque écrivain possède son *faire*, son cachet particulier,

* Voyez l'histoire d'Autun. A Paris, chez *Belin*, libraire, rue St-Jacques.

auquel on ne peut se méprendre, de même que chaque personne, chaque écriture porte avec elle son caractère et son genre de physionomie facile à reconnaître; aussi ceux de nos lecteurs qui ont eu déjà connaissance des premiers ouvrages de *Matthieu*, ne pourront, en lisant celui-ci, mettre en doute si réellement il lui appartient. *

Au surplus, il n'est pas le seul bon ouvrage qui, pendant nombre d'années, ait semblé devoir être condamné à ne pas voir

---

* Cette question n'est plus douteuse; nous apprenons, à l'instant même, qu'il existe à la bibliothèque impériale un exemplaire de cet ouvrage, imprimé à la mort de l'auteur, sous le titre modeste de *Tablettes de Pierre Matthieu, ou quatrains sur la vie et la mort, format in-12*. Ce volume, rempli de fautes, renferme en outre une traduction en vers latins, par un avocat contemporain et ami de *Matthieu*. Le lecteur peut comparer cet exemplaire avec la nouvelle édition que nous publions aujourd'hui.

le jour; celui-ci était une véritable pierre précieuse que le hasard seul pouvait tirer de l'obscurité, et je pense que l'on me saura quelque gré d'avoir rendu pour ainsi dire à la vie une production ignorée et digne de la plume de nos grands maîtres. En effet, nous ne pouvons nous dissimuler que la plupart de nos ouvrages modernes ne sont que d'aimables colifichets, entourés, il est vrai, de toutes les grâces et de la magie du style, mais absolument dénués de cette profondeur d'imagination, de cette force d'idées qui caractérise les ouvrages de nos aïeux. On sait que la France, après avoir langui long-tems dans un parfait état d'ignorance et de barbarie, sortit tout-à-coup, sous François I.ᵉʳ, de son long engourdissement et que les belles-lettres reprirent toute leur splendeur sous le règne mémorable de ce prince, ami des arts et protecteur des talens. C'est donc à la suite d'une longue disette de bons ouvrages, que *Matthieu* composa celui-ci, et on ne pourra au moins lui refuser le mérite qu'aurait un navigateur audacieux qui s'élancerait le premier sur des mers inconnues et s'y frayerait une route glorieuse par des découvertes utiles à son pays; effectivement on ne peut nier que celui qui découvre ou qui invente ne l'emporte encore sur celui qui perfectionne.

Cependant, il faut avouer que cet ouvrage ne se soutient pas, jusqu'à la fin, à la même hauteur ni sur le même ton; après s'être élevé dans certains momens jusqu'au sublime; dans d'autres, l'auteur retombe beaucoup au-dessous de son sujet, et par fois même il descend jusqu'au trivial; souvent il se répète et retourne ses idées en tous sens : il les ressasse, pour parler ainsi, jusqu'à ce qu'il les ait entièrement épuisées, ce qui produit nécessairement des répétitions et des longueurs fastidieuses, que j'ai cru devoir supprimer, en les transportant néanmoins dans les notes. Le soigneux lapidaire conserve encore avec soin la poussière du diamant qu'il taille, et le rebut d'un ouvrage tel que celui-ci mérite encore d'être recueilli précieusement. J'avais d'abord regardé comme indispensable de le traduire (on peut hasarder cette expression) en vers français, et de le dépouiller, pour ainsi dire, de sa rouille baptismale, afin d'en rendre la lecture plus intelligible et plus supportable ; mais j'ai senti que, malgré mes efforts, cette prétendue traduction serait encore très-éloignée des grâces de l'original. En effet, notre langage actuel, quelque fécond qu'il soit, ne peut rendre cette charmante simplicité, cette naïveté touchante qui distinguait celui de ce tems-là.

Je me suis donc borné à joindre à cet ouvrage quelques notes que j'ai jugées nécessaires pour l'explication de certains passages obscurs.

Quelle que soit la faiblesse de ce travail, le lecteur ne pourra se dispenser de me savoir quelque gré d'avoir fait revivre une production intéressante, dont le beau siècle de Louis XIV se serait fait honneur.

PRÉCIS HISTORIQUE

DE LA VIE DE PIERRE MATTHIEU,

HISTORIOGRAPHE SOUS HENRI IV.

Pierre Matthieu, né à Porentru, le 10 Décembre de l'an 1563, fut un de ces hommes rares qui ne doivent leur fortune et leur élévation qu'à leurs talens et à leur mérite personnel. Celui-ci était fils d'un simple tisserand, mais homme d'un grand sens, et qui, bien persuadé que l'éducation est le plus bel héritage qu'un père puisse laisser à ses enfans, résolut de ne rien négliger pour donner au sien toutes les ressources de l'instruction.

Ce fut dans cette vue qu'il lui fit commencer ses études chez les jésuites. Pour les lui faire achever, il l'envoya ensuite à Paris, comme étant le centre, le foyer des sciences et des lumières. Le jeune homme ne tarda pas à se distinguer parmi les rivaux de son âge, autant par la vivacité de son esprit, que par son éloquence et par des discours oratoires qu'il consacra exclusivement à la louange des grands. Il manifesta dès sa plus tendre jeunesse son respect pour la religion, et son goût pour les belles-lettres, qu'il cultiva avec succès: mais il s'attacha de préférence à l'Histoire, dont il avait fait sa principale étude.

A 21 ans il entreprit d'écrire celle d'*Alexandre*, prince de Parme, qui jouissait alors dans toute l'Europe d'une grande considération. Le jeune *Matthieu* se rendit dans les Pays-Bas, où se trouvait le prince, dans l'intention d'obtenir de lui l'autorisation de consacrer ses talens naissans à la rédaction de l'histoire de cette maison illustre; mais, soit qu'il ait été desservi auprès d'Alexandre, soit que la réputation du jeune auteur, qui n'était point encore connu, n'inspirât point au prince assez de confiance pour le charger d'une tâche aussi délicate, il ne rapporta de cette démarche qu'une espèce de refus, pénible sans doute pour son amour propre.

Ce petit désagrément qui eût découragé tout autre que le jeune *Matthieu*, et qui était fait pour le détourner du commerce des grands, servit au contraire à enflammer son génie, lui donna un nouvel essor, et fut peut-être la cause des succès qu'il obtint par la suite.

Il revint en France et s'y livra de nouveau à l'étude des lettres. Connaissant toutes les difficultés qu'un auteur doit surmonter pour percer la foule des écrivains obscurs, et sachant que les grandes réputations ne peuvent s'acquérir que par des travaux estimables et utiles à la société, *Matthieu* abandonna la poësie, dont il avait fait jusqu'alors ses plus chères délices, pour se lancer dans une carrière plus noble et plus élevée, celle de l'Histoire. Il débuta par composer l'*Histoire des choses mémorables arrivées tant en France qu'ailleurs, pendant sept années de paix sous Henri le Grand.*

La première édition de cet ouvrage n'eut point une très-grande vogue; cependant elle renfermait un mérite réel, qui décélait l'homme de génie; aussi le célèbre président *Jeannin*, alors tout puissant, parla de son auteur à Henri IV, d'une manière si avantageuse, que le roi voulut le voir, et bientôt après il le combla de bienfaits et se l'attacha avec la qualité d'*historiographe de France*, qu'il changea contre celle d'*avocat au présidial de Lyon*, qu'il avait portée jusqu'alors.

Cette place vacante par la mort de *du Haillan*, fut pour *Matthieu* un motif d'encouragement qui doubla son émulation. Henri IV, avec lequel il vivait dans une grande intimité, lui ayant raconté une infinité d'anecdotes curieuses et secrètes de sa cour, il résolut de donner au public une nouvelle édition de son ouvrage, beaucoup plus complète et plus intéressante que la première; aussi fut-elle recherchée avec plus d'empressement, et bientôt les exemplaires en devinrent très-rares.

Matthieu encouragé par ces premiers succès, entreprit de faire l'histoire complète du règne de Henri IV. Pour mieux faire connaître la source des guerres civiles qui avaient désolé la France, il commença par l'histoire des rois François Ier, Henri II, François II, Charles IX et Henri III, qu'il ne donna cependant que comme une introduction à celle de Henri IV.

Peu de tems après l'assassinat de ce dernier monarque, il publia l'histoire de la mort de ce prince, imprimée *in*-folio en 1611. Cet ouvrage augmenta la réputation de l'auteur, et cette réputation fut méritée.

Ce fut alors que *Matthieu*, par suite de son ancien penchant pour la poësie, composa ses quatrains sur *la vie et la mort*, qu'il publia sous le titre de *Tablettes du conseiller Matthieu*, parce qu'effectivement cette singulière production fut alors imprimée en forme de tablettes oblongues, et c'est un de ces mêmes exemplaires que nous avons découvert à la bibliothèque impériale.

Enfin, ce fécond écrivain termina ses travaux par une tragédie intitulée *la Guisiade*, qui eut le plus grand succès, et dont le très-petit nombre d'exemplaires qui ont survécu à l'avidité de ses contemporains, sont d'autant plus rares et recherchés, que l'on assure que le massacre du duc de Guise y est représenté sous les couleurs les plus fortes et les plus vraies.

A la mort de Henri IV, *Matthieu* ayant perdu son protecteur, s'abandonna à son successeur Louis XIII, et s'attacha également à sa personne.

Ayant suivi ce monarque pendant la guerre contre les Huguenots, il tomba malade devant Montauban, et se fit transporter à Toulouse, où il mourut le 12 Octobre 1621, à l'âge de 58 ans.

Telle fut la fin d'un homme qui, peut-être, aurait surpassé tous les écrivains de son siècle, s'il eût eu plus de goût et plus de méthode dans l'exécution de ses ouvrages.

On lui reproche encore d'être souvent diffus

et d'affecter presque toujours un vain étalage d'érudition déplacée, en mêlant dans la rédaction de l'histoire moderne des faits tirés de l'histoire ancienne, et absolument étrangers à son sujet. Quoi qu'il en soit, les ouvrages de Pierre *Matthieu* seront toujours estimés et même recherchés des savans, qui ne peuvent lui refuser beaucoup de génie, de profondeur dans les pensées, de facilité dans l'exécution, et sur-tout une parfaite connaissance du cœur humain.

Ses quatrains sur *la vie et la mort*, sont le plus bel éloge que l'on puisse faire de ses talens et de ses principes.

LA VIE ET LA MORT.

Estime qui voudra la mort espouventable,
Et l'effroy et l'horreur de tous les animaux ; (1
Quant à moi je la tiens pour un poinct désirable
Où commencent noz biens et finissent noz maux.

L'homme abhorre la mort et contre elle murmure,
Ignorant de la loy qui pour son bien la faict ;
La naissance et la mort sont filles de nature,
Qui n'ont rien d'estranger, d'affreux ny d'imparfaict.

Ceste defformité de la mort n'est que feinte ;
Elle porte un beau front sous un masque trompeur,
Mais le masque levé, il n'y a plus de crainte ;
On se rit de l'enfant qui pour un masque a peur

On desguise la mort de postures estranges,
De traicts, de faux en main, de bierres sur le dos ;
Et comme on donne à tort, et poil et plume aux anges,
Et de même on la faict d'une carcasse d'os.

A qui craint ceste mort la vie est desia morte,
Au milieu de la vie, il lui semble estre mort ;
Sa mort il porte au sein, elle au tombeau le porte,
Car craindre de mourir est pire que la mort.

Chacun craint ceste mort d'une frayeur esgale ;
Le jeune en a horreur comme d'un monstre hideux ;
Le vieillard la voyant dedans ses draps s'avale ; (2
Tous la fuient autant qu'elle s'approche d'eux.

QUEL bonheur te promet la vie pour la suivre?
Quel malheur a la mort pour l'abhorrer si fort?
Tu ne veux pas mourir, et tu ne sçais pas vivre,
Ignorant que la vie est une vie de mort. (3

L'UN aime ceste vie et l'autre la mesprise;
L'un y cherche l'honneur, l'autre l'utilité.
L'aimer pour les plaisirs qu'elle rend, c'est settise,
L'hayr pour ses ennuis, c'est imbecilité.

La tourmente en la mer couve sous la bonasse,
Dans le bonheur la vie enferme le malheur,
On la commence en pleurs, en sueurs on la passe,
Et jamais on ne peut l'achever sans douleur.

LA vie est un flambeau : un peu d'air qui souspire
La faict fondre et couler, la souffle et la destruit.
A l'un jusques au bout de la mesche elle tire
Et outre le milieu à l'autre elle ne luit. (4

LE fruict sur l'arbre prend sa fleur et puis se noue,
Se nourrict, se meurit, et se pourrict enfin.
L'homme naist, vit et meurt ; voilà sur quelle roue
Le tems conduict son corps au pouvoir du destin. (5

2

Ceste vie est un arbre et les fruicts sont les hommes,
L'un tombe de soy mesme et l'autre est abbattu;
Il se despouille enfin de feuilles et de pommes
Avec le mesme temps qui l'en a revestu.

La vie est une table où pour jouer ensemble
On void quatre joueurs. Le Temps tient le haut bout
Et dit passe : l'Amour faict de son reste et tremble;
L'homme faict bonne mine et la mort tire tout. (6

La vie que tu vois n'est qu'une comédie
Ou l'un faict le Cesar et l'autre l'Arlequin;
Mais la mort la finit tousiours en tragédie
Et ne distingue point l'Empereur du faquin. (7

La vie est une guerre estrangere et civile
L'homme a ses ennemis et dedans et dehors
Pour conserver le fort, la mort abbat la ville,
Et pour sauver l'esprit, elle destruict le corps.

Le Monde est une mer, la galere est la vie,
Le Temps est le nocher, l'Esperance est le nort,
La Fortune le vent, les orages l'Envie
Et l'homme le forçat qui n'a port que la mort. (8

Volontiers je compare au parlement le monde
Ou souvent l'equité succombe sous le tort;
Ou sur un pied de mouche un incident on fonde,
Et ou l'on ne peut rien contre un arrest de mort.

Le monde est de l'humeur d'une belle maistresse
Qui faict plus de jaloux qu'elle ne faict d'amis :
Elle dedaisgne l'un et l'autre elle caresse
Et ne tient jamais rien de ce qu'elle a promis.

La faveur de la vie est la sphere de verre
Ou Archimede mit les astres et les cieux.
Autant belle que fresle, un leger coup de pierre
Ostoit tout le plaisir qu'elle donnoit aux yeux.

Cest honneur t'alterant d'une soif d'hydropique
En pensant l'avaler t'estrangle bien souvent :
C'est un ballon enflé : la mort vient et le picque
Et le faict confesser que ce n'est que du vent.

Et ceste ambition qui te donne des aisles
Pour trouver d'autres mers au delà de noz mers,
Ou tu vois des monts d'or et des ruisseaux de perles
Ne sauvera ton corps du pillage des vers. (9

2. .

Ce plaisir que l'oreille a la raison estoupe
Empoisonne le cœur, charme l'entendement;
Et qui porte toujours la repentance en croupe
Faict un long desplaisir d'un bref contentement.

Ce plaisir qui te lasse et jamais ne te saoule
Lassant plustost ton corps qu'il n'est las d'en user
Est des cinquante sœurs le vaisseau qui s'escoule,
Plus on l'emplit de l'eau qu'on ne peut espuisèr.

La beauté qui des roys ouvre et ferme la bouche
Et qui sert à l'esprit de lettre de faveur
Ne se voit sans plaisir, sans danger ne se touche
Ne scauroit éviter de la mort la fureur. (10

Une beauté sans grace est un vaisseau sans voiles.
Sans verdure un printemps, sans lumière un flambeau,
Un jour sans le soleil, une nuict sans estoilles;
Et la grace pourtant n'affranchit du tombeau.

Quant la beauté du corps rencontre une belle ame
Ceste perfection ne peut monter plus haut.
Sans elle la vertu ne pare point la Dame
Et le peu de beauté luy est un grand defaut (11

Ceste beauté que l'air, le vent, la fiebure efface
Qui travaille tousiours l'œil, la bouche, la main,
A quinze ans pousse, à vingt fleurit, à trente passe,
Et puis comme un tison tombe en cendre soudain. (12

De l'homme le sçavoir n'est que pure ignorance :
On voit le plus savant, bien lourdement broncher;
On veut renouveller les doutes de la science
Et on perdra le vray pour trop le rechercher.

De ce qu'il n'entend pas l'ignorant se travaille;
Il entre dans les cieux, et au conseil des roys.
En chaire Phormion ordonne la battaille,
Et Thersite discourt des armes et des loyx.

L'empire d'Assyrie est tout reduict en cendre
Par les Grecs sont vaincus le Perse et le Medois,
Quatre roys sont sortis du sceptre d'Alexandre,
Et leur couronne enfin de Rome suit les loix.

Ov sont ces Empereurs, ces foudres de la guerre(13
Qui des lauriers du monde environnoient leurs fronts?
Toute la Terre estoit autrefois de leur terre,
Et tout ce grand Empire est reduict en sept monts.

O u sont tant de citez si grandes et si fortes ;
Ninive dont les murs avoient quinze cents tours ,
La grande Babilon , Thebes qui eut cent portes ,
Carthage de Didon la gloire et les amours !

Tous ces grands batimens et ces chasteaux superbes
Qui sembloient menacer d'escalader les cieux
On faict place aux forest , aux buissons et aux herbes,
Le temps en a changé les noms comme les lieux. (14

Celui qui prefera son jardin de Salone
A toutes les grandeurs de l'empire Romain
Scavoit bien les ennuis qu'apporte la couronne
Et combien est pesant le sceptre dans la main.

D'un insensible cours à la mort l'homme tire
Parlant, jouant , riant, la mort faict son effort
Pour dormir : il en faict sa fin comme un navire
Qui ne laisse d'aller , quand le nocher s'endort.

La mort tue en tout lieu : au bain Aristobule ,
Au milieu de son camp l'Empereur Apostat ,
Philippe près l'autel , aux grottes Caligule ,
Carloman à la chasse, et Cesar au Sénat.

Toute main luy est bonne : Eric meurt par sa mère,
Par sa femme Alboin, par les siens Ariston,
Bajazet par son fils, Mustapha par son père,
Par son frère Conrad , par soy-mesme Caton.

Aussy tost un grand roy qu'un berger elle emporte.
Les hommes en mourant n'ont qu'une qualité.
L'entrée et le depart sont tous de mesme sorte ;
La pompe et le sejour font l'inegalité. (15

Il n'y a point de mort soudaine à l'homme sage ;
De tous les accidents son cœur va au-devant.
Quand il s'embarque il pense au peril du naufrage
Et cesse de voguer quand il n'a plus de vent.

Puisque tu ne sçais pas ou la mort te doit prendre ,
Si de nuict ou de jour, en quel aage, en quel poinct,
En tout temps, en tout lieu, il te la faut attendre ,
Car de ce qu'on attend, on ne s'estonne point.

Sy l'enfant sort du monde aussy tost qu'il y entre,
Les bons vivent bien peu : le meschant seul vieillit.
Ne cherche, curieux, d'un tel secret le centre :
Ce sont coups de la main qui jamais ne faillit.

Pourquoy le bon s'en va et le meschant demeure ;
Ne t'en informe point ; Dieu l'a permis ainsy.
L'un meurt pour vivre, l'autre a vie afin qu'il meure,
Le meschant vit à l'aise, et le bon en soucy.

Sy du cours de tes ans tu retranches le somme,
Les soucis et ce feu qui brusle peu à peu,
Ce qu'en prend un amy et ta femme consomme,
Les douleurs, les procès, il t'en reste bien peu. (16

Une rage de dents, une fiebure, une goutte,
Une ulcere en ta jambe, une pierre en tes reins,
Te contrainct distiller ton ame goutte à goutte
Et quand la mort t'en veux delivrer tu te plains !

Quand le terme est venu tu veux payer de suite,
Tu crois faire beaucoup en gaignant quelque mois,
Mais puisqu'il faut payer, il n'est que d'estre quitte ;
La mort ne sera pas plus douce une autre fois.

Ne remets du depart à demain les affaires :
Chez le retardement loge le repentir.
En un moment la mer et les vents sont contraires
Toute heure est bonne à qui se resout de partir.

Te plaignant de mourir en la fleur de ton aage
Tu te plains de sortir trop tost de ta prison ;
Tu te fasche d'avoir achevé ton voyage
Et d'avoir recueilli tes fruits en leur saison.

Dresse de tes vertus non de tes jours le compte ;
Ne pense pas combien, mais comme aller tu dois.
Voys jusques à quel prix ta besongne se monte ;
On juge de la vie et de l'or par le poids.

La vie par l'effect s'estime et non par l'aage
L'œuvre et non la durée en faict le jugement.
Prou vit qui a vescu jusqu'à ce qu'il soit sage ;
Le bien vivre s'altère en vivant longuement. (17.

Les actes longs ne font bonne la comedie ;
Il la faut estimer selon qu'ils sont jouez :
Par les ans on ne doit considerer la vie
Les actes qu'elle faict sont seulement louez.

Qui pour n'avoir vescu cent ans avant que naistre
Se plainct, entre les sots il tient les premiers rangs ;
Mais plus sot est celuy qui s'afflige pour estre
Assuré de ne vivre au monde après cent ans.

L'HOMME n'est pas heureux pour longtemps vivre au mond
La quantité des jours n'y apporte plus d'heur;
La grandeur ne faict pas une sphere plus ronde,
Et le cercle petit n'a pas moins de rondeur.

ET si la mort t'attend et ton sejour prolonge
Par forme d'interest elle te faict sentir
Des tourments en effect, de l'allegresse en songe,
Et qu'une longue vie est un long repentir.

SY celuy qui t'a mis du monde en la carrière
Te paie la journée à midy tout autant
Qu'un autre qui l'acheve et la faict toute entiere,
Pourquoy murmure-tu, pourquoy n'es-tu content ?

IL conduit bien son œuvre, il cognoist tes caprices;
Il sçait bien qu'à regret tu tiens coup jusqu'au bout;
Avant que d'estre las, il veut que tu finisses;
Te laissant plus long-temps tu pourrois gaster tout.

COMME il ordonne l'œuvre il veut qu'on la luy rende.
Qui ne sert volontiers, indignement le sert;
Sortir de la besongne avant qu'il le commande
Est un crime, et celuy qui la quitte la perd.

Ou premiers ou derniers à tous la piste est faicte ;
Ou tost ou tard il faut qu'on se rende à ce port ;
Qui commande la charge ordonne la retraicte ;
La loy qui fit la vie a aussi faict la mort.

TANT plus dure ton corps, tant plus ton ame endure
Et ne peut assez-tost d'un tel logis sortir ;
Elle y vient toute pure, elle y vit toute impure,
Et souffre mille ennuis avant que d'en partir.

L'ESPRIT dedans ce corps est retenu par force ;
Il y vit en danger, en frayeur il y dort ;
Il faut pour faire fruict qu'il rompe son escorce,
Et pense que jamais assez tost il n'en sort.

L'AME se plaint du corps, le corps se plaint de l'ame,
Mais la mort les surprend pour vuider leur debat.
Le corps s'en va dormir dessous la froide lame
L'esprit tousiours fidel à l'Eternel s'abbat. (18

ELLE affranchit l'esprit du corps qui sert aux vices ;
Des vices de l'esprit elle sauve le corps ;
De l'ame les ennuis, sont au corps des supplices,
Et les douleurs du corps sont à l'ame des morts.

L'homme n'est pas ce corps, son estoffe est plus belle,
Car des beautez du ciel elle tient sa beauté,
Et quand le corps est mort, elle reste immortelle
Comme un rayon sorty de la divinité.

Sy ceste ame en ce corps tant de temps morfondue
Ne sort allegrement, elle ne se souvient
Quelle doit remonter d'où elle est descendue,
Et qu'il faut à la fin retourner d'où elle vient.

Tu crains pour la douleur que ceste mort ameine,
Mais ce n'est qu'un torrent qui se perd en courant;
En ceste extremité, on ne cognoist de peine
Car le corps abbattu ne sent rien en mourant.

Quitte ces tremblemens dont ta poitrine est pleine,
Car un mal violent ne dure longuement;
Si la douleur est grande elle est aussi soudaine
Et la soudaineté oste le sentiment.

Le cœur te rompt quittant tes enfans, tes entrailles
Qui te feront renaistre, et revivre après eux.
Heureux donc qui en a, car ce sont les medailles
Souvent qui n'en a poinct par malheur est heureux.

Tu regrettes ta femme et ton regret j'excuse ;
C'est un mal necessaire, et un bien estranger ;
Souvent l'œil le plus clair à le choisir s'abuse
Et trouve en peu de chair beaucoup d'os à ronger.

Tu te plains de quitter la cour et ses delices
Ou l'on ne vit longtemps sans souffrir quelque affront,
Ou trahir est prudence, ou les vertus sont vices,
Ou les uns sont sans yeux et les autres sans front.

Le marinier qui va de naufrage en naufrage,
Qui comme le plongeon vit en l'eau nuict et jour,
L'object de tous les vents, le jouet de l'orage
Ne changeroit sa vie à celle de la cour.

La cour se trompe ainsi que l'ange des tenebres
Quand il donne aux sorciers des feuilles pour tresor,
Les flambeaux plus luisans sont des torches funebres,
Et tout ce qui reluit à la cour, n'est pas or.

Tu voudrois en mourant exercer ta vengeance,
Faire voir ton amour et ton ambition :
Pourquoy ne formes tu ta mort à ta naisance
Qui t'a produit tout nud de toute passion.

Tv voudrois voir meurir les fruicts de la science
Mais à la fin cela n'est que par vanité;
Le scavoir aujourd'huy se morfond; l'ignorance
Passe l'hiver au feu, et à l'ombre l'esté.

Tv marches à tous pas par la pluye et la fange
Pour ce corps à tous coups contre toy revolté;
Phinice faict des cordes et son asne les mange:
L'esprit qui sert au corps n'a plus de liberté.

Tv fais autant de pas en la mort qu'en la vie,
Tiens pour morts tous les jours que tu auras vescu,
L'advenir n'est pas tien. Au present ne te fie
Qu'un instant et le temps, n'est par la mort vaincu.

Quand l'homme est embarqué de ce monde au navire
Il ne peut retarder son cours n'y l'aduancer.
Le vent, l'air, ni la mer, ne sont de son Empire,
Et il se perd souvent en voulant rebrousser

On regrette celuy, qui est content qu'il meure
Socrate s'esjouit de ce qu'il meurt à tort:
Xantippe fond en pleurs, l'un rit, et l'autre pleure
Jugeant diversement des traicts de ceste mort.

Courir à ceste mort, c'est desespoir de rage ;
La seule patience à pieds de plomb l'atteinct :
Qui la mesprise monstre un acte de courage
Car le poltron la faict et l'ignorant la craint.

Quand la dernière arene acheve l'horloge
Il faut sans reculer franchir le dernier pas,
Sans murmure et sans bruict le courageux desloge
Et quand il faut partir, on ne le chasse pas.

Il tarde au pellerin d'achever son voyage
Le marinier voudroit n'estre plus sur les eaux.
Tout ouvrier s'esjouit au bout de son ouvrage ;
L'homme pleure approchant de la fin de ses maux.

Pour un temps la clarté du soleil t'est ravie,
Mais tu la recevras bien plus plaisante un jour ;
Et ce jour que tu crois le dernier de ta vie
Est un autre naissance en l'immortel sejour. (19

Quel tort te faict la mort, dis mondain, je te prie,
Quand perdant sous l'espoir de quelque bien plus beau
Elle t'oste la carte en te coupant la vie
Et pour sauver ta vie emporte le flambeau.

Couard tu crains passer sur ceste estroite planche
Ou Dieu mesme a passé, ou tous les hommes vont :
Tu y vas en enfant que l'on tient par la manche
Et tousjours vers le bord tu retournes le front.

Audela tu verras ces plaisantes campagnes
Dont l'immense beauté surpasse le discours,
Des Roys et des subiects les ames sont compagnes
C'est un estat certain qui durera tousjours. (20

Que verras-tu de plus, pour vivre davantage?
Ce ciel et ce soleil se sont veu autrefois ;
Et quand tu renaistrois pour passer un autre aage,
Cest univers serait tout tel que tu le vois.

La mort finit les maux ; elle est le seul refuge
De celuy qui ne peut eviter le courroux
D'un superbe ennemy et d'un severe juge ;
C'est un lieu que le ciel a ordonné à tous

A ce dernier depart l'ame rit, le corps pleure;
Le banny s'esjouit au temps de son retour ;
Ce corps est le logis ; ce n'est pas sa demeure,
L'ame immortelle veut immortel sejour.

Comme l'aube la mort est tousiours la fouriere
Ou tousiours le soleil sans se coucher reluit ;
On ne s'esgare point sur la claire lumiere ;
Qui va contre le jour ne doit craindre la nuict.

D'un éternel repos ta fatigue est suivie ;
Ta servitude aura une ample liberté ;
Ou se couche la mort, là se lève la vie,
Et ou le tems n'est plus là est l'éternité.

Ceste grandeur des roys qui nous semble un colosse,
N'est qu'ombre, poudre et vent. L'uniq honneur des roys
D'une éxécrable main meurt dedans son carosse,
Au temps que l'univers trembloit de sous ses loix. (21

Hier tout estoit triomphe, aujourd'huy chacun pleure ;
La beauté du matin, n'a duré jusqu'au soir,
On a veu vif et mort ce Prince en moins d'une heure;
Aiant beu le hanap de la mort sans le voir. (22

En ce monde tout bransle, il n'y a rien de ferme ;
C'est une mer qui n'a n'y seureté, n'y port,
Les Empires, les loix, les villes ont leurs termes,
Tout ce qui prend naissance, est subiect à la mort.

Le temps va comme vent, comme un torrent il coule;
Il passe, et rien ne peut l'empescher de courir :
Qui scait combien de maux en un moment il roule
Croit que cesser de vivre est cesser de mourir.

L'homme ignore son estre au ventre de sa mere,
Ruse de la nature ayant quelque raison,
Il cognoistroit qu'au monde, il n'y a que misere
Et feroit son tombeau dedans cette prison.

On meurt le mesme jour que l'on commence à naistre.
On s'oblige au naufrage entrant en ce bateau ;
Naistre et mourir n'est qu'un, l'estre n'est qu'un non estre ;
Il n'y a qu'un souspir de la table au tombeau.

La vie est un esclair, une fable, un mensonge,
Le soufle d'un enfant, une peinture en l'eau,
Le songe d'un qui veille, et l'ombre encor d'un songe
Qui des vaines vapeurs luy brouille le cerveau.

Ceste vie aux echets proprement se rapporte ;
Autant y tient de place le pion que le roy ;
L'un saute, l'autre court, l'un surprend, l'autre emporte ;
Les noms sont distinguez, et tout n'est que du bois.

LA mort, l'exil, la peur, la douleur et l'envie,
Et tant de maux qui sont plustost veus que pensez
Ne sont pas peines : non, mais tributs de la vie
Les roys n'y les bergers n'en sont pas dispensez.

PAR les misteres saincts la mort s'est divertie
D'attaquer les plus grands, mesme devant l'autel;
Henri de Luxembourg meurt en prenant l'hostie,
Et Victor boit la mort au calice immortel.

TU dois ton ame au ciel, ne fais pas qu'il te l'oste,
Par force le chretien la rend de son bon gré;
Il faut traicter l'esprit, comme on traicte son hoste
Que l'on ne contrainct pas de sauter le degré.

MIEUX vaut cheoir que tousiours de la cheute estre en crainte,
Mieux vaut mourir que d'estre à toute heure aux abbois :
La fin de la douleur est la fin de la plainte,
Rien n'est trouvé fascheux qui ne vient qu'une fois.

LA vie est une toile; aux uns elle est d'estoupe,
Aux autres de fin lin et dure plus ou moins;
La mort quand il lui plaist sur le mestier la coupe,
Et l'heur et le malheur comme les fils sont joints.

3.

Ne perds pour l'amy mort le manger et le somme :
Telle douleur ne doit l'entendement pastir.
Qui plaint un homme mort, se plaint qu'il estoit homme
Et qu'entrant en la vie, il promit d'en sortir.

Le jeune et le vieillard ne vont de mesme traicte ;
L'un marche bellement et l'autre veut courir,
Il est bon de mourir, avant qu'on le souhaite ;
Un homme courageux se doit sentir mourir. (23

Les tourments de ce corps ne sont que des vergettes
Pour oster la poussiere aux plis de la vertu,
Et rendre de l'esprit les passions plus nettes ;
L'air se purge tant plus que le vent l'a battu.

Te faschant que la mort ta paupiere ne serre,
Au lieu mesme ou le ciel l'a voulu ouvrir ;
Tu crains pour t'enterrer n'avoir assez de terre
Et que le ciel ne soit estroit pour te couurir.

Le ciel n'a maintenant moins d'ordre et d'influence
Le soleil n'est moins clair, l'Occean moins entier ;
N'y le feu moins actif, qu'au temps de leur naissance,
Et l'homme est bien descheu de son estre premier.

Tu dis qu'il n'est pas temps, mondain, que tu t'amendes ;
Mais Dieu hait le pescheur qui au peché croupit ;
Sa clemence paroist aux offences plus grandes ;
En vain l'attend celuy qui forfaict par despit.

Qui de ce qu'il a dit, faict ou pensé, demande
A soy mesme le compte au soir et au matin,
Se verra soulagé d'une peine bien grande
Au compte general qu'il rendra sur la fin.

Pour l'iniure qui faict que la couleur te monte
Et dittes veritez, tu n'as point d'action ;
De commettre le mal, tu n'as point eu de honte,
N'en ayant poinct non plus pour ta correction.

Peut estre cet enfant se verra pauvre ou riche,
Peut estre il sera sage, ou ne le sera pas ;
Peut estre il deviendra, ou liberal ou chiche,
Mais il ira un jour sans peut estre au trepas.

Quand le vin est au bas, l'espargne n'est plus bonne,
Car le pis et le moins reste au fond du tonneau.
N'abuse du loisir que ton aage te donne,
Et descends quelques fois, considere le tombeau.

PECHEUR ton Dieu n'est pas un Radamante horrible
Qui ne veut des pechez au pardon consentir.
Il n'y a point au ciel de crime irremissible ;
En terre il n'y a point de trop tard repentir.

LES yeux qui du soleil aux rayons s'entretiennent,
S'esblouissent soudain ; les jugements plus clairs
Aux jugements de Dieu comme taupes deviennent.
Les aigles seulement soustiennent ces esclairs.

MISERABLE vertu, ton faict n'est que misere ;
La vertu a l'effect, tu n'as que le babil ;
En ta propre maison tu es comme estrangere ;
Les meschans sont logez, et les bons en exil.

JUSQU'AU dernier souspir, l'homme a desir d'apprendre (24
Socrate vit, vieillit et meurt en apprenant ;
La science ne peut de la mort le deffendre,
Et sçavoir bien mourir, c'est estre bien sçavant.

VIVRE c'est commencer et finir mesme ouvrage ;
La vie n'est de mesme estimée de chacun ;
C'est un exil au sot, et un voyage au sage,
Ou il marche autrement que ne faict le commun.

Pour avoir un bon roy, un conseil iuste et sage
Un peuple obeissant, et une ferme paix,
L'estat n'est seur pourtant ; le calme suit l'orage.
Aux plus beaux jours on void les brouillards plus espais.

Homme bien que tu sois du ciel originaire,
N'entreprends point d'aller de pair avec ton Dieu ;
Il est roy souverain, tu es roy tributaire,
Tu n'occupes qu'un corps, et il est en tout lieu.

Le plus grand elephant est le chef de la bande ;
Le plus fort des taureaux va devant le troupeau ;
A qui veut commander aux hommes, on demande,
Non la grandeur du corps, mais celle du cerveau.

Il semble que d'un roy la majesté s'éclipse,
S'il n'a des serviteurs grand nombre autour de soy ;
Il est beau de tirer de plusieurs le service
Mais c'est un grand ennuy de prendre de leur foy.

Pour faire des Palais, les marbres on assemble ;
Pour faire des vaisseaux on prépare du bois :
Mais toutes les vertus, il faudroit mettre ensemble
Pour instruire les fils des princes et des roys. (26

La science aujourd'huy est une terre en friche;
Elle n'a plus des roys le soleil au levant;
On voit le philosophe à la porte du riche;
Le riche rarement visite le scavant. (27

La main n'oblige point si le cœur ne l'ordonne,
Ce qui ne vient de lui n'a grace ni scaveur;
Celuy donne beaucoup qui soy mesme se donne;
Celuy ne donne rien, qui reserve le cœur.

Ce desir de courir de province en province,
Ne donne aux voyageurs ce qu'il leur a promis;
Ils ne changent d'humeur, changeant d'air et de prince;
Ils font plusieurs logis, et trouvent peu d'amis.

En vain de la raison l'esprit capable on nomme,
Qui sage a la raison son corps n'assubiettit :
Beaucoup inferieur est à la beste l'homme,
Si la raison ne tient en bride l'appetit.

Pour penser trop scavoir l'entendement se plonge
En l'ignorance, et trouve enfin qu'il ne scait rien;
Il fuit la vérité, pour suivre le mensonge
Et s'esgare souvent presumant d'aller bien.

Le meschant tousiours tremble, il est tout en alarmes ;
L'œil d'un homme de bien le tient comme abbatu ;
De Rome tout le monde a redouté les armes,
Rome d'un seul Caton redoute la vertu. (28

N'aimer rien, craindre tout, dissimuler le vice,
Scavoir accomoder son cœur en cent façons,
Refuser l'amitié, et offrir le service
Sont des gallands en cour les premières leçons. (29

Qui vient faire à la cour ses affaires se trompe,
Si avec l'hardiesse et l'ardeur il n'est prompt ;
Car afin qu'importun à tous, la teste il rompe ;
Il faut premièrement qu'il se rompe le front. (30

Qui n'a regret du temps qui se perd pour attendre
Quelques bienfaicts du roy n'a point de jugement ;
Les biens qui sont perdus, un prince les peut rendre,
Mais il ne peut du temps reparer un moment.

N'est-ce pas tout l'excez d'une folie insigne,
Voir un vieillard languir inutile à la cour,
Contre faire le jeune, et tout blanc comme un signe,
Tirer le chariot de la mere d'amour.

Jamais des mains d'un grand le petit ne s'eschappe ;
C'est un rat se jouant proche du chat qui dort.
Qui le laisse courir, puis tout à coup l'atrape ;
Et ses caresses sont les signes de la mort. (31

Par tout la vanité du monde se descouvre :
Je plains ses beaux esprits charmez de son amour,
Elle se cache au temple, elle se monstre au Louvre,
Et pour la bien cognoistre, il faut suivre la cour.

Par les mauvaises mœurs la nature s'altere ;
On n'a pas tout a coup les vertus en desdain,
Le vice est en l'esprit une plante estrangère,
Sy on ne la cultive, elle flestrit soudain.

Sous les respects humains l'impieté se couvre.
La terre a plus de prix, que le ciel parmi nous :
Au nom de l'Eternel a peine on se descouvre ;
Quand on parle des roys, on fleschit les genoux. (32

Du desordre vient l'ordre, et les loix sont sorties
Des excez et abus : si chacun vivoit bien,
On verroit les palais sans juges et sans parties ;
L'on n'y entendroit plus ces deux mots tien et mien.

LA chicane aujourd'huy met le peuple en chemise;
La ruse est son bouclier, son idole l'argent :
Le taon perce la toille et la mousche est prise,
Le coupable on absout pour punir l'innocent.

RIEN n'est loyal, le frere à son germain est traistre;
Un phantosme est la foy qui les sots entretient :
L'amy trahit l'amy, le serviteur son maistre,
Et le lierre abbat le mur qui le soustient. (33

TRAHIR n'est plus que jeu, l'homme est un loup à l'homme
Crime n'est plus que rapt, les vices sont vertus :
On souffre les excez de Cypre et de Sodome,
Et à l'impieté tous chemins sont battus.

Aux hommes plus parfaicts on trouve que redire,
Parmy le bien qu'ils font, on descouvre le mal ;
L'or tout bon, ny tout pur des mines ne se tire;
Il le faut espurer de contraire metal

LE merite autrefois nourrissoit l'amitié ;
On la fonde aujourd'huy toute en l'utilité ;
La feintise et la fraude y entrent de moitié
Et tousiours sans amis se void la pauvreté. (34

La terre de ton cœur ne peut remplir les angles ;
Ton cœur est un triangle, elle un rond tout uny,
Le triangle ne peut s'emplir que de triangles ;
L'infiny ne se peut rapporter au finy.

Il est dur de mourir esloigné de sa ville,
Mais la mort n'est plus douce à la ville qu'aux champs,
Elle n'espargne pas hors de Rome Rutulle ;
N'y tel qui sans sortir y fut quatre vingts ans.

Bien que l'homme se trouve au dernier point de l'aage,
Qu'en vain son estomach abboye après le pain,
Il ne pense pourtant à trousser son bagage,
Et espere tousiours à voir le lendemain.

Veux tu fuir d'amour l'excez et la manie,
Romps les occasions, parle tousiours de loing,
Sors de la solitude et vis en compagnie ;
Tel faut, qui ne faudroit s'il avoit un tesmoing.

Ne t'estonne de voir que le meschant prospere ;
Le soleil aux voleurs donne bien sa clarté ;
Lorsque le medecin du fieureux desespere
Il le haste et permet vivre à sa volonté.

Plusque le feu d'enfer, la calomnie est pire,
Le traict est plus cruel et le coup plus cuisant,
L'enfer après la mort le coupable martire :
La calomnie afflige en vivant l'innocent. (35

L'affliction abbat le cœur et le redresse,
L'arbre victorieux s'esleve par le poix ;
Le seau, la cire a l'egal qu'il la presse ;
Et l'esprit monte au ciel sous le faix de la croix.

L'envie en vain sa dent porte contre l'enclume
De la simple vertu qui la va terrassant ;
Elle semble un mastin qui iappe par coustume
Plus tost que par fureur contre un pauvre passant.

L'envie est un tourment qui les hommes bourelle,
Aussy tost qu'ils sont nez elle s'empare d'eux ;
Voys deux enfans nourris d'une mesme mammelle,
Qui ne peuvent souffrir que le laict soit à deux.

En ce point du meschant l'homme de bien differe,
L'un dit à son prochain, ce que j'ay est à moy,
Ce que tu as est mien ; l'autre dit au contraire,
Je n'ay rien en ton bien, et le mien est à toy.

De ce qui luy desplait, l'envie faict un crime ;
Pour un songe Joseph fut par les siens vendus ;
Rien ne perdit Abel que sa pure victime,
Et pour la verité, l'innocent est pendu.

Pour qui reserues-tu les fruicts de tes fatigues ?
Que seruent tes thresors l'un sur l'autre entassez ?
En un jour on verra les heritiers prodigues
Dissiper tant de biens en cent ans amassez.

La liberalité veut estre toute entière,
Sans toutes fois donner en tout temps n'y à tous.
Il est bon que le don marche apres la priere,
Mais ce que l'on obtient sans priere est plus doux.

Contente toy du fruict que ton labeur t'apporte,
Et faict de ton espargne un certain revenu ;
Imprudent est celuy en plus que d'une sorte,
Qui despence son bien plustost qu'il n'est venu.

Le cœur n'a rien de pur, qui parmy le monde erre,
Et qui est comme un roc à la terre attaché ;
Si la lune restoit voisine de la terre,
On ne verroit son rond n'y brouillé n'y tasché.

Les biens sont des grands maux a celuy qui n'en use ;
L'espargnant les acquiert, le prodigue les pert,
Le meschant pour descendre a l'enfer en abuse,
Et pour monter au ciel le vertueux s'en sert.

La vaillance qui vient d'orgueil est toute fausse ;
Les esprits arrogans ne sont point genereux ;
L'orgueil abbat les cœurs, l'humilité les hausse ;
L'humble berger tua le geant orgueilleux.

L'orgueil sous le manteau du philosophe esclatte ;
On donne de beaux noms aux effects odieux,
Comme on s'excuse au mal, en la cause on se flatte,
On accuse plustost la lampe que les yeux.

L'homme d'entendement pour soy mesme on visite
Il est plus admiré qu'un royal bastiment ;
La louange se doit par le propre merite
Et le pur or ne fait le prix du diamant.

L'humble prise les autres, et soy mesme deprime,
Si non contre l'orgueil il ne faict le morguant,
Plus la vertu s'eleve, et moins il s'en estime :
Dieu voit l'humble pescheur, non le juste arrogant.

Hypocrite, qui n'as du bien que l'apparence
Parois ce que tu es, sois ce que tu parois
De feuilles de figuier, tu caches ton offense;
Mais à Dieu ny a toy cacher ne te scaurois.

Ce bigot qui ses vœux sur son merite fonde,
Dont le cœur va par tout et n'a l'œil qu'en un lieu;
Honteux n'oseroit dire au moindre homme du monde
Les choses que profane il ose dire à Dieu.

L'or dans le feu s'affine et l'esprit dans la peine; (36
Le ver ronge l'habit de dans le coffre enclos :
L'eau qui n'a poinct de cours est puante et mal saine;
L'epée s'enrouille au croc et l'esprit au repos.

Ouvrant ton ame à Dieu, ferme ta bouche au monde
Et ne laisse voguer tes pensemens par l'air :
Dieu voit clair dans les cœurs, son jugement les sonde
Et confond qui n'accorde au faire le parler.

Le joueur peut bien dire à demain les affaires,
De voir n'y d'estre veu il n'a jamais loisir,
Ses esprits sont tousiours battus, et au contraires
Sa perte a plus d'ennuis que son gain de plaisir. (37

Povr se garder d'affaires, il faut un soin extresme,
Le mal vient sans mander et sans estre attendu.
La mauvaise herbe croit tousiours sans qu'on la seme.
On trouve tost l'ennuy qu'on pense avoir perdu.

Le rien faire du tout rompt l'esprit et l'enerve,
Le travail moderé le rend vif et dispos.
Loysiveté le perd, le labeur le conserve,
Mais libre n'est celuy qui n'a jamais repos.

Qui cherche le repos du trouble des affaires,
Pense trouver le calme en la fureur des flots.
Le monde et le repos sont deux choses contraires ;
L'eau trouble s'esclaircit quand elle est en repos.

La fortune en la cour est legere et volage ; (38
Au gré du favori la faueur reussit.
Bien souvent dans le port la faueur faict naufrage,
Plus le soleil est chaud, plus son ombre noircit.

Les honneurs, les grandeurs et les charges plus belles
Sont les avant-coureurs de quelque adversité.
Pour leur dernier malheur, les fourmis ont des aisles,
Et l'embonpoint du corps altere la santé.

La jeunesse aux excez a tousiours plus d'amorce
Que n'ont les oyseleurs et les pescheurs d'appas.
Vieillard, tu veux pescher et tu n'as plus de force,
Le peché ta quitté et tu ne le quittes pas.

A la beauté, les yeux comme à leur centre tirent;
Les cœurs et les desirs suivent des vœux les loix.
On ne scauroit garder ce que plusieurs desirent,
Et les desirs ne sont, sous l'empire des roys.

Tout l'heur et le malheur qui se rencontre aux hommes
Vient de l'opinion qui commande sur eux.
L'opinion nous faict autres que nous ne sommes,
Malheureux n'est celuy qui se pense estre heureux.

De contraires effects se forme la tristesse,
La fumée et le ris emplissent l'œil de pleurs.
Qui seme les douleurs aura de l'allegresse,
Qui seme l'allegresse en aura des douleurs.

Ostons ouy et non du discours ordinaire,
Ces mots ne servent plus que d'un amusement.
La feintise aujourd'huy leur donne un sens contraire,
Et le mensonge prend la force du serment.

L'amitié aujourd'huy au sond du gain s'esveille,
Comme l'on void aller au froment les fourmis,
Les vautours à la proye, aux fleurettes les abeilles,
On voit viste courir au profit les amis (39

Qui ta ravi l'honneur, se trompe s'il presume,
La vie te laissant qu'il te faict un grand bien.
L'oyseau né doit plus vivre ayant perdu sa plume,
Quand l'honneur est perdu, ce qui reste n'est rien.

Ce qui suffit pour vivre on le trouve sans peine;
Au besoin le soleil nous peut servir de feu.
Je blasme esgalement Apice et Diogene,
L'un pour aimer le trop et l'autre le trop peu.

On donne bien souvent de mauvais interpretes
Aux actions qui ont plus d'ordre et de raison :
Tout est mal au meschant et de mesmes fleurettes,
L'abeil faict le miel : l'areigne le poison.

Le bonheur, la faveur, le travail, le courage,
Aux biens et aux honneurs font l'homme parvenir :
Mais le chemin est long, c'est un grand advantage
Naistre grand et n'avoir peine à le devenir.

Heureux peuple qui vit sous un roy doux et juste : (40
La justice est l'espée, l'amour le bouclier ;
Ces deux vertus ont mis au rang des dieux Auguste,
Et le sceptre d'un roy sans elles n'est entier.

FIN.

NOTES

ET COMMENTAIRES.

1)   Et l'effroy et l'horreur de tous les animaux.

On sait que les anciens poëtes ne s'étaient point astreints, comme les modernes, aux règles sé-vères de la versification; l'*hiatus* principalement, n'était point observé parmi eux; et le précepte commandé par l'Auteur de l'art poétique, sur la rencontre de deux voyelles, n'était pas encore en vigueur du tems de Matthieu; aussi plusieurs vers de ses quatrains présentent-ils la même faute, ce qui les rend quelquefois durs, sur-tout pour des oreilles aussi délicates que les nôtres, accoutumées aux grâces et à la douceur des beaux vers de Racine.

2)   Le vieillard la voyant dedans ses draps s'avale.

Il serait difficile de trouver un mot qui pût remplacer cette ancienne expression qui n'est plus en usage. En effet, ce seul mot peint l'effroi qu'ins-pire la mort, cet effroi que Lafontaine a rendu

avec tant de naïveté dans sa jolie fable du Bûcheron.
Ce mot, employé dans ce sens, fait ici tableau,
et représente l'image d'un vieillard qui cherche
à reculer de quelques heures son dernier moment.

3)   Ignorant que la vie est une vie de mort

Ce dernier vers, peu intelligible, pourrait être
rendu plus clairement; c'est ainsi que nous pensons qu'il serait possible d'imiter ce quatrain.

QUEL est donc le bonheur que nous promet la vie ?
Quel est donc le malheur dont menace la mort ?
Celui qui sait mourir est seul digne d'envie,
En prouvant que la mort de la vie est le port.

4)   La tourmente en la mer couve sous la bonasse.

Ancien terme de marine, peu usité, et remplacé par celui de calme.

5)   Le temps conduit son corps au pouvoir du destin.

Eternelle vérité! vérité frappante, qui ne devrait jamais cesser de fixer l'attention des hommes;
si même il était possible qu'elle fût toujours présente à leur souvenir, combien d'erreurs et de
forfaits auraient-ils de moins à se reprocher! pour
eux le cours de la vie ne serait qu'un tissu d'actions louables; et l'idée seule de leur destruction

inévitable et prochaine suffirait, pour les maintenir constamment dans l'étroit sentier de la vertu.

6) L'homme faict bonne mine et la mort tire tout.

Ingénieuse allusion au jeu de brelan, très en vogue sous le règne de Henri IV.

7) Et ne distingue point l'empereur du faquin.

Il n'est peut-être pas un seul être pensant qui, s'étant appesanti sur cette idée, n'en ait reconnu toute la solidité. Cependant la plupart des souverains, des grands, des riches, semblent ne pas y croire. Distraits, étourdis par les honneurs et la fortune, ils n'ont ni le loisir ni la faculté de s'occuper du coup qui doit un jour les frapper; le spectacle de la mort leur est même absolument étranger, car l'on s'attache avec soin à leur en épargner la vue; aussi, faute de connaître les angoisses qui précèdent les derniers momens de l'homme, les riches osent à peine y ajouter foi; le pauvre, au contraire, l'être obscur et sensible qui a éprouvé la douleur de se trouver au chevet du lit d'un parent ou d'un ami mourant, qui, témoin de sa lente agonie, a essuyé la sueur de son front, qui a, pour ainsi dire, calculé le peu de tems qui lui restait à vivre, et spectateur de ses dernières convulsions, a recueilli son dernier soupir;

celui-là, dis-je, est plus à même que le riche d'apprécier le sort inévitable indistinctement réservé à tous ; il est plus à portée d'en faire son profit ; et sa sensibilité, plus souvent exercée, le rend nécessairement plus humain et plus serviable que le favori de Plutus, qui n'a jamais connu que de nom les peines et les misères de la vie. Il en résulte qu'en général le malheureux, l'être souffrant, trouvera plus de secours et de consolations dans la classe inférieure que parmi celle des riches.

8) **Et l'homme le forçat qui n'a port que la mort.**

Il serait inutile d'analyser cette grande vérité, dont tout le monde conviendrait, si tout le monde était de bonne foi, en disant que la mort est le terme de nos maux. Il faut être doué d'une grande force d'esprit pour l'envisager sous ce point de vue ; et il faut être véritablement au-dessus du vulgaire pour la considérer comme le port de la vie. Cependant, avec un peu de réflexion, il est facile de s'en convaincre ; il faut être entièrement dénué de raisonnement pour se laisser abuser par les plaisirs trompeurs de ce monde, au point d'en redouter la fin. Aux yeux du sage, de l'être pensant, le voile épais de l'illusion tombe et disparaît pour faire place au flambeau de la vérité. C'est alors que l'on peut apprécier à leur juste valeur tous ces biens frivoles et menson-

gers qui séduisent et corrompent le cœur des riches. Le vrai sage voit tomber autour de lui les
hommes, comme les feuilles des forêts qui sont
desséchées par les premiers froids précurseurs de
l'hiver. Il ne considère tous ces biens passagers
que comme une vaine fumée qui se dissipe dans
les airs, ou comme un léger nuage qui se fond
aux premiers rayons du soleil. Qu'a donc en effet
de si redoutable l'aspect de cette mort, sujet de
nos alarmes? qu'a donc de si effrayant son approche, et pourquoi pâlir d'effroi à sa vue? Le
passage de cette vie à l'autre est-il donc si ter-
rible, et ne saurait-on franchir ce dernier pas
sans être accessible à un mouvement de faiblesse.
Réfléchissons sur ses résultats, et comparons les
biens qu'elle nous ravit à ceux qu'elle nous procure. Devant une conscience pure, ce fantôme
menaçant s'évanouit, et ne laisse après lui qu'une
perspective agréable et consolante; d'ailleurs, la
mort n'est, en elle-même, que le terme de nos
besoins, de nos désirs et de nos privations. Du
moment qu'elle arrive elle est déjà loin; elle ne
se présente jamais sans être accompagnée de l'es-
pérance, et c'est cette dernière qui empêche que
la victime ne sente ses coups. Au moment où
elle les porte, le sentiment de la douleur est
déjà passé, et l'on ne peut se plaindre d'un mal
que l'on ne sent pas. Ce ne sont donc que les
souffrances physiques que l'on doit chercher à
s'épargner. Une maladie longue et douloureuse est

mille fois plus à redouter que la mort qui peut
la suivre; ce ne sont pas le drap mortuaire et
la fosse qui doivent effrayer : ce sont les pleurs
de ceux qui nous survivent. L'homme faible et
pusillanime est le seul qui meurt véritablement,
car les vaines et puériles chimères qu'il s'en forme,
en doublant ses transes, lui font éprouver plusieurs fois la mort qu'il redoute ; ce n'est que la
réalité du malheur qui est à craindre et non la
frayeur qu'il inspire; le trépas ne peut donc être
effrayant, puisqu'il cesse d'être un malheur lorsqu'il est arrivé.

Quant il serait vrai que la mort soit un malheur
réel, faudrait-il pour cela que le vieillard qui
a parcouru les trois quarts du sentier de sa vie
reculât en achevant l'autre quart? cette vie a-t-elle
donc tant de charmes, pour la regarder comme
le premier des biens? les avantages qu'elle procure sont-ils inestimables? nos cris ne sont-ils que
des cris d'alégresse, et le plus beau parterre ne
renferme-t-il que des roses? il faut être injuste
ou déraisonnable pour blâmer l'ouvrage de la nature, qui a placé l'épine près de la fleur? si la
divinité avait accordé au mortel la faculté de lire
dans l'avenir, et d'envisager d'un seul coup-d'œil
tous les maux, les malheurs, toutes les calamités
qui lui sont réservées, loin de redouter la mort,
il la considérerait avec raison comme la seule
protectrice en état de le préserver des misères at-
tachées à la condition humaine.

9) Ne sauvera ton corps du pillage des vers.

S'il était possible que l'imagination de l'homme
fût toujours tendue vers sa fin, il serait constamment juste, humain, sensible et généreux ;
si même il était dans sa nature qu'il eût la faculté de reporter sans cesse son idée sur le spectacle affreux de ses derniers momens, il n'em-
ploirait le peu d'heures qu'il a à vivre, qu'à
faire le bien, à honorer la Divinité, et sur-tout
à venir au secours de ses semblables. Mais est-il
surprenant que, distrait de ce souvenir par les
prestiges flatteurs qui caressent sa courte existence, l'insensé n'oublie le sort qui lui est réservé.
On se rappelle cet infame parricide qui fut
condamné par son juge à être enfermé dans un
cachot avec le corps de son père qu'il avait
assassiné, et à être, malgré lui, témoin de la
décomposition totale du cadavre. Ce genre de
supplice, dont il est difficile à l'imagination de
supposer toute l'horreur, était le châtiment le
plus rigoureux que l'on pût infliger au coupable.
En effet, que l'on consulte le criminel dont le
cœur est le plus endurci, de quels remords ne
dut pas être accablé ce fils misérable, en voyant
la putréfaction et les vers se disputer, sous ses
yeux, les entrailles du malheureux auteur de
ses jours ?....

10) Ne scauroit éviter de la mort la fureur.

Quel est sur la terre l'homme sensible qui n'a point éprouvé dans le cours de sa vie, l'affreux malheur de perdre une amante adorée, une jeune et vertueuse épouse ou une fille chérie, dont les tendres soins lui promettaient des consolations pour ses vieux jours? beauté, grâces, talens, jeunesse et vertu, ne sont point un rempart contre la mort : la faux du moissonneur abat indistinctement et l'épi et l'humble bluet; de même la racine du lys orgueilleux n'est pas plus épargnée par le ver rongeur que celle de la simple fleur des champs. Suivant même le plus bel ouvrage de la nature, l'objet de notre adoration devient la proie du trépas avant le vieillard infirme ou affaissé sous le poids des années.

11) Et le peu de beauté luy est un grand défaut.

Cette dernière pensée n'est pas juste. D'ailleurs, pour être entendue, elle a besoin même d'être commentée. Les quatre vers suivans nous paraissent remplacer l'idée de l'auteur.

QUAND la beauté du corps rencontre une belle ame,
Ce précieux accord devient alors parfait.
La beauté sans vertu n'est qu'un bien faible charme,
Qui, semblable à l'éclair, et brille et disparaît.

12)   Et puis comme un tison tombe en cendre soudain.

On trouve ici dans le manuscrit original, les quatre vers suivans, qui nous paraissent également peu intelligibles. Nous n'avons pas cru cependant devoir en priver le lecteur.

L'OR du monde, l'amour, le soleil des abymes,
Pour qui tousiours le feu travaille avec le fer,
L'or laisse des vertus, l'or l'asyle des crimes,
Sert bien souvent de pont pour passer en enfer.

13)   Où sont ces empereurs, ces foudres de la guerre.

Qui pourra passer rapidement sur ce beau vers, sans réfléchir un instant sur l'instabilité des grandeurs humaines, sans songer à la faible distance qui sépare le tombeau du théâtre de la vie? Si le philosophe, le penseur, voulait reporter son imagination vers le passé, quelles réflexions n'aurait-il pas à faire sur les vanités de ce monde, sur la frivolité de ces biens passagers que l'on nomme grandeurs, pouvoir, dignités, honneurs et richesses? pour les aprécier à leur juste valeur, il suffit de se rappeler la fin de tous ces prétendus grands hommes, de tous ces monarques puissans qui remplissaient jadis l'univers de leur renommée, qui faisaient marcher sur leurs pas la crainte et l'effroi; qui tenaient sous leur domi-

nation des millions d'hommes, vils esclaves de
leurs caprices; qui faisaient répandre des flots
de sang pour étendre leurs conquêtes, ou pour
affermir leur pouvoir tyrannique, et qui aujour-
d'hui, foulés aux pieds par les générations présentes,
ne sont plus que quelques grains de poussière,
tristes jouets des vents.

Lorsque je vois des souverains et des princes
armer leurs sujets pour envahir ou défendre quelques lieues de terrain, et se faire une guerre à
mort, qu'ils nomment légitime, je crois voir de
faibles insectes se disputer quelques graines sté-
riles ; mais le voyageur en les foulant aux pieds
les uns et les autres, termine leurs discussions
en les écrasant indistinctement. La durée que
Dieu a fixée à la vie de l'homme est si courte
en raison de la longue série de siècles qui se suc-
cèdent, que c'est folie à lui de sacrifier sa ra-
pide existence à soutenir d'injustes prétentions,
à passer sa vie à se procurer des richesses inutiles.
La mort vient le frapper avant qu'il puisse en
jouir, et l'insensé voit écouler le peu d'heures
qui lui restent à vivre au milieu des orages et
des passions, tandis qu'il pourrait si facilement
les passer dans le sein du bonheur, de l'innocence
et de la paix.

Ce monde est un théâtre dont chacun des ac-
teurs possède son genre de folie; la mort seule
peut les rendre à la raison. Tandis que l'un y
joue les premiers rôles dans la tragédie, et que,

décoré du nom fastueux de prince, il se croit pétri
d'un limon différent du commun des hommes,
un autre, chargé d'un emploi moins brillant, fait
agir de son côté les ressources de la comédie,
pour tirer parti de son talent, et surpasser son
rival en intrigues; mais la toile en tombant les
rend tous égaux, et arrache à la fois de leurs yeux
le fatal bandeau de l'illusion.

14) Le temps en a changé les noms comme les lieux.

Pourquoi l'homme se plaindrait-il de disparaître
de la scène du monde, tandis que des villes en-
tières en ont disparu, que même des nations
puissantes ont été rayées de la liste des peuples
de la terre! Rien peut-il porter avec soi une empreinte plus profonde des ravages du tems, que
la destruction totale de plusieurs cités célèbres
qui commandaient jadis impérieusement aux autres
villes de l'univers; qui s'élevaient au-dessus d'elles
comme le cèdre orgueilleux du Liban surpasse en
hauteur le modeste arbuste qui rampe à ses pieds,
et qui aujourd'hui, détruites de fond en comble,
ou englouties dans les entrailles de la terre, laissent
le curieux voyageur incertain sur leur véritable
situation, et qui même quelquefois sans la plume
de l'histoire auraient enseveli avec elles jusqu'au
souvenir d'avoir existé.

Combien d'endroits foulés aujourd'hui par les pieds légers et délicats du danseur, ou témoins de la sécurité de l'heureux villageois, ont été jadis le théâtre d'un grand événement, d'une bataille sanglante, ou la demeure de quelqu'homme puissant! L'humble bergère qui choisit aujourd'hui ce lieu pour y conduire ses troupeaux ou pour y rencontrer l'amant qu'elle aime, est loin de penser que l'arbre qui la met à l'abri des chaleurs du midi, fut autrefois le lieu d'un traité entre deux peuples, ou d'un assassinat commis sur la personne d'un prince; et souvent l'indolent Sybarite, en promenant ses ennuis dans son parc ou dans ses jardins anglais, profane le tombeau de quelque grand homme dont le souvenir n'est pas même venu jusqu'à nous.

15)   La pompe et le séjour font l'inégalité.

Que l'on déroule les pages de l'histoire, qu'y verra-t-on? un long tissu d'erreurs, de belles actions, de vertus et de forfaits. Que l'on pénètre dans l'intérieur de la société, qu'y verra-t-on? un assemblage, une réunion bizarre de bien et de mal, de vices et de qualités, et sur - tout une différence frappante dans les opinions comme dans les fortunes.

C'est principalement cette inégalité de fortune

qui établit une distance, une ligne de démarcation entre les hommes. Sans les richesses, cette différence ne serait formée que par les talens ou par les vertus; mais par un malheur commun à tous les siècles, les talens et les vertus sont de vains titres que le riche semble n'accorder qu'à regret à ceux qu'il ne peut imiter. Au surplus, ce même riche fait bien de jouir de la vie, car demain on ne songera plus qu'il a existé; les héritiers mêmes de sa fortune seront les premiers à s'efforcer de l'oublier.

Si pourtant il en est quelques-uns de ces élus, de ces favoris de la fortune, qui, plus heureux que le commun des hommes, parviennent à force d'art à prolonger leur existence, combien aussi redoutent-ils davantage l'instant du naufrage auquel est condamné tout ce qui respire ; les adieux qu'ils sont obligés de faire à ce monde qu'ils regrettent, ne leur en deviennent que plus amers ; et si cette séparation était toujours présente à leur pensée, ils ne se feraient point un mérite des faveurs du hasard ou de la naissance.

Les grands de ce monde, ces hommes que l'on nomme augustes, ne sont véritablement grands que sur leur théâtre; la mort qui les attend, et que par orgueil ils voudraient avoir le pouvoir d'éloigner de leurs personnes sacrées, est pour eux un motif d'humiliation, en leur prouvant qu'il n'est jamais plus puissant qu'un autre, celui qui n'est pas assuré de vivre plus long-tems.

5

Veut-on voir un exemple palpable de cette vaine supériorité parmi les hommes; que l'on se transporte au Muséum d'antiquité, et l'on y verra la statue d'un monarque étendu sur le lit de mort, à côté de celle du ministre qui fut son sujet. Le premier n'y occupe pas plus de place que le second; et tous deux, détachés des vaines grandeurs qui les avaient aveuglés, ils n'offrent plus aux regards du sage que deux statues de la même grandeur, de la même proportion, du même marbre; mais si ensuite l'imagination va plus loin, si l'on cherche à se représenter en idée la situation véritable des cadavres dont on a sous les yeux l'effigie, que se figurera-t-on? un cercueil de plomb, quelques os rongés par les vers, un squelette tombant en poussière...... Quelle idée pour les rois ?... Quel stimulant à la vertu ?...

16) Ce qu'en prend un ami et la femme en consomme.

Ce dernier hémistiche n'a point été dicté par le bon goût ni même par la vérité. Sans doute l'auteur ne se piquait pas d'être galant envers les dames, mais du moins il pouvait être sévère envers elle, sans les attaquer indistinctement; il ne devait point généraliser son opinion, motivée sur quelques exemples qui ne se renouvellent, il est vrai, que trop souvent dans le monde, mais qui ne sont point sans exception. Sans doute, il faut convenir qu'il est des femmes dont le caractère difficile empoisonne le bonheur d'un honnête homme; mais nous le répétons, ces exemples ne sont point assez fréquens pour qu'il soit permis de les faire passer pour règle générale; nous pensons, au contraire, que la femme est le chef-d'œuvre de la divinité, et que le charme de sa société est le plus grand adoucissement aux peines de la vie.

Matthieu eut donc pu rejeter sur le sentiment de l'amour, les chagrins qu'il attribue à celles qui l'inspirent.

17)   Le bien vivre s'altere en vivant longuement,

Combien d'exemples ne pourrait-on pas produire à l'appui de cette grande vérité? Combien de gens ne pourrait-on pas citer, qui ont trop vécu de quelques années, et dont la gloire qu'ils s'étaient acquise dans leur jeunesse, s'est éclipsée sur leurs derniers momens? Cependant cette marche n'est point ordinaire; elle est même contraire à tous les principes. En effet, la sagesse est le fruit de l'expérience, et la sagesse est ennemie de l'ambition. Ce n'est pas lorsque l'homme a parcouru les trois quarts de sa carrière, ce n'est pas lorsqu'il approche du but, qu'il peut

5. .

renoncer à l'estime de ses concitoyens; ce bien est le seul qu'il doit emporter dans la tombe; et malheur à l'ambitieux qui, rassasié d'honneurs, de richesses et d'autorité, se croit assez au-dessus de l'opinion publique pour s'affranchir des obligations qu'elle impose.

Mais ne faisons point ici le procès aux grands, cette vérité est générale; elle s'étend également sur toutes les classes de la société, et contentons-nous d'imiter ce quatrain de Matthieu.

C'EST la seule vertu qu'on prise et non la vie :
Que de gens ont par elle au trépas survécu !
Tandis que l'on en voit qui moins dignes d'envie,
Depuis long-tems sont morts pour avoir trop vécu ?

18)   L'esprit tousiours fidele à l'Eternel s'abbat.

Quoique ce vers soit copié littéralement sur le manuscrit, l'idée ne nous en a pas semblé juste. Il est probable que l'auteur se proposait de le retoucher; cependant nous n'avons pas cru devoir le changer dans le corps de l'ouvrage. C'est ainsi qu'il serait possible de le rendre.

TOUJOURS l'ame et le corps vivent en guerre ouverte,
Ils sont dans leurs débats séparés par la mort.
La dépouille du corps par la terre est couverte,
L'ame fidelle à Dieu vers les cieux prend l'essor.

19)   Est une autre naissance en l'immortel séjour.

De toutes les consolations qui soutiennent l'homme dans le pénible voyage de la vie, il n'en est pas de plus douce, de plus puissante que la croyance en l'immortalité de l'ame. En effet, qui pourrait en douter, en considérant l'essence su-blime qui compose tous les ouvrages de la divi-nité. Le spectacle du mécanisme à la fois simple et compliqué de la nature, est à lui seul plus vic-torieux que tous les longs discours de ces pré-tendus philosophes qui s'égarent dans une foule de raisonnemens, lesquels loin de faire ressortir avec éclat le flambeau de la vérité, ne l'environnent que d'épaisses ténèbres.

20)   C'est un etat certain qui durera toujours.

Cette réflexion, qui ne peut échapper aux plus incrédules, est bien propre à rabaisser l'orgueil des rois. Cette idée de mort est bien faite pour égaliser les rangs et pour rapprocher les distances. La mort qui anéantit, qui confond tout ce qui tombe sous ses coups, devrait ici bas être un grand stimulant à la modestie et à l'humilité. On sait que la chaux dévorante consume aussi faci-lement les membres du premier monarque du monde que ceux du dernier de ses sujets. Le sou-

venir des belles actions est seul indestructible; et
si, comme il est impossible d'en douter, il existe
pour le juste une autre vie, c'est à celui seul qui
obtiendra le premier rang , qu'il sera véritablement
permis de se glorifier d'une juste prééminence acquise et méritée par les bonnes actions. Cet état
de bonheur, qui ne sera limité ni par les tems ni
par cet ordre des choses qui a voulu que sur la terre
tout ait une fin, sera la récompense la plus flat-
teuse à laquelle les hommes devront aspirer; mais
combien en est-il qui pourront se flatter de l'obtenir ?.....

21)   Au temps que l'univers trembloit de sous ses loix.

Matthieu a voulu parler ici de l'assassinat de
Henri IV, à la gloire duquel il était sincèrement
attaché ; cela ferait supposer qu'il n'a composé
ses quatrains qu'après la mort de ce prince, quoique dans le précis historique que nous avons donné
des ouvrages de cet écrivain, nous ayons avancé
qu'il les composa vers 1600. Au surplus, cela
ne serait point encore une contradiction, parce
qu'il est possible que ce quatrain soit une addi-
tion, attendu que l'ouvrage ne fut imprimé pour
la première fois qu'en 1620.

22)   Ayant beu le hanap de la mort sans le voir.

Cette expression n'est plus en usage. Les auteurs ne sont point d'accord sur son étymologie. Les uns la font venir du mot allemand *Heinnap*, qui veut dire écuelle à oreilles; d'autres prétendent qu'il vient d'un mot latin *a heneus*, parce qu'on les faisait ordinairement d'airain. *Ducange* assure qu'il dérive d'un mot employé par *Grégoire de Tours*, celui de *anax*, qui veut dire tasse d'argent; enfin, *Furetières* le fait venir du celtique *hanat*, qui signifie coupe.

—

23)   Un homme courageux se doit sentir mourir.

Il est des hommes, et c'est la plus grande partie, dont l'insouciance a, sur leurs derniers momens, remplacé le courage.

On regarde comme un bienfait du ciel cette facilité avec laquelle l'homme oublie le sort inévitable qui lui est réservé; ne serait-on pas plutôt fondé à la considérer comme la cause première des désordres dont se souille l'humanité?

24)   Jusqu'au dernier soupir l'homme a desir d'apprendre.

Les sciences, les arts et les belles-lettres sont

les biens les plus solides dont l'homme puisse jouir sur la terre. L'instruction est une richesse qu'aucune autorité, aucun événement ne peut lui enlever ; les jouissances qu'elle procure sont incalculables ; en se renouvelant sans cesse, elles n'ont ni terme ni mesure. Celui qui aime à s'instruire marche de succès en succès, et chaque pas qu'il fait dans la carrière de l'étude est marqué par un nouveau plaisir ; l'amour-propre y trouve également son avantage. En effet, toutes les fois qu'un homme peut se flatter d'être au-dessus du vulgaire, soit par ses talens, soit par ses connaissances, il est fondé à éprouver un mouvement d'orgueil qui le dédommage de l'indifférence de quelques sots, ou de la prétendue supériorité qu'ont sur lui les grands et les riches ; le savant trouve dans le sentiment intime de ses forces une consolation d'autant plus précieuse, que l'envie même ne peut l'en priver.

Le désir d'étendre la sphère de ses connaissances est naturelle à l'homme ; il est aussi le plus louable qui puisse l'animer ; en accroissant chaque jour le foyer de ses lumières, il augmente celle de ses jouissances ; chaque nouvelle découverte qu'il fait dans la carrière qu'il parcourt, l'élève au-dessus des autres, et sa supériorité justement reconnue, le fait avec raison considérer comme au-dessus de tout ce qui l'environne.

La condition de l'homme de lettres ou du savant est digne d'envie. Libre et dégagé de tous soins, il sent toute sa dignité et proclame avec modestie son indépendance. Lorsque ses veilles, ses travaux, ses lumières, lui donnent les moyens de servir l'humanité, alors il ne souffre point de prééminence; il est plus que l'égal des rois, il devient encore leur guide ; alors il leur donne des préceptes, des conseils, et acquiert le droit de leur dicter jusqu'à leurs devoirs. Si la fortune ennemie des talens l'abandonne, il s'en trouve bien dédommagé par l'estime et les suffrages de ceux qu'il instruit et qu'il éclaire. En vain la critique et l'envie l'assiégent avec acharnement dans son humble retraite; il leur oppose l'ascendant de son génie, et les arts pour lui s'érigent en défenseurs; en vain l'ignorance se prononce avec fureur, en vain elle essaye d'empoisonner sa vie, de tous les points du monde littéraire une voix consolatrice se fait entendre, le rassure, le console et lui prépare un triomphe immortel.

25) Non la grandeur du corps mais celle du cerveau.

L'histoire nous fournit une foule d'exemples à l'appui de cette vérité. Depuis Alexandre jusqu'à Napoléon, on pourrait citer une série de grands hommes dont la moyenne stature contrastait avec un génie colossal. Tous ces exemples devraient suffire pour détruire l'espèce de prévention trop commune qu'inspire le premier abord. Aux yeux du vulgaire, un physique avantageux produit sur l'esprit de la multitude une impression qui prévient et entraîne les suffrages ; les gens sensés sont les seuls qui ne se laissent point séduire par de si frivoles apparences.

26)   Pour instruire les fils des princes et des roys.

La flatterie, ennemie implacable des grands, les entoure pour l'ordinaire dès leur berceau. Lorsqu'un prince donne un gouverneur à ses enfans, on est presque toujours certain que c'est un courtisan indulgent qu'il place près d'eux; on peut être assuré que le prétendu instituteur, dont le premier devoir est de développer dans le cœur de ses élèves les vertus dont la nature peut y avoir placé le germe, ne s'occupe au contraire que du soin de caresser leurs passions naissantes. Cette coupable faiblesse est pour l'ordinaire le principe des calamités qui pèsent sur les peuples. Un tel gouverneur, à force de complaisance et de respect, tout en dégradant son caractère, sa dignité, avilit un jeune prince; souvent par une criminelle adulation il en fait dès l'âge le plus tendre un petit tyran domestique, qui le devient de son peuple en grandissant.

Il n'est auprès de lui, à force de souplesse, que

le premier de ses valets : la crainte d'une disgrace en fait un lâche complaisant; et pour se maintenir les bonnes grâces de celui qui sera un jour son maître, il s'applique moins à l'instruire qu'à lui complaire; il remplace les leçons de vertus, toujours arides pour la jeunesse, par des leçons d'agrément ou de frivolité; et lorsque le jeune prince est en âge de se saisir des rênes du gouvernement, fort souvent il n'apporte sur le trône que des connaissances superficielles, des talens factices, des idées fausses, des principes erronés, et la dangereuse habitude de n'être jamais contredit.

Cette éducation vicieuse est le plus grand malheur des princes. Puisque tous les siècles ne produisent pas des Fénélon, on pourrait au moins les remplacer par des instituteurs de bonne foi, bien intentionnés et sincèrement attachés à la gloire de leur ouvrage? Un roi n'a nul besoin pour gouverner ses sujets d'être un savant; mais il est toujours nécessaire qu'il soit juste et bon; c'est à ses ministres, à son conseil, à suppléer aux lumières qui peuvent lui manquer, et que la nature ne place que rarement dans un seul et même foyer.

Henri IV reçut une éducation privée, et Henri IV fut un bon prince.

27) Le riche rarement visite le scavant.

Si Matthieu se plaignait du peu de considération dont les sciences et les lettres jouissaient de son tems , que devons-nous dire nous modernes vandales, chez qui, pendant nombre d'années, l'amour du luxe et des frivolités a remplacé celui des arts? Sans un génie protecteur , la France serait tombée dans le même état de barbarie d'où elle était sortie vers le 14.ᵉ siècle. On ne se rappellera qu'avec effroi et indignation qu'il fut un tems où les talens étaient un titre de proscription, et que les arts encore éplorés, auront eu long-tems à gémir sur la perte de leurs plus zélés protecteurs.

Quoi qu'il en soit , malgré les efforts d'un gouvernement éclairé, nous sommes encore loin d'avoir regagné ce que nous avons perdu sous le rapport des lettres. Les sciences abstraites, soutenues par l'empire de la mode , sont les seules qui ayent fait des progrès dans un tems où les talens ne sont point un titre à la fortune ni une recommandation auprès des hommes en place. On ne se rappèle qu'avec regret les beaux jours du règne de Louis XIV, qui reçut plus d'éclat des lettres que de ses propres victoires; qui, secondé par une illustre Académie, dont il était le plus zélé protecteur, dicta à l'univers des leçons de goût,

et contribua par son exemple à polir les mœurs;
de ce siècle où des princes, des ministres puissans et de grands seigneurs se faisaient honneur
d'admettre dans leur intimité des écrivains dis-
tingués et de se déclarer leurs Mécène; de ce
siècle enfin, où le mérite allait quelquefois de
pair en public avec la noblesse, et où souvent
même il la surpassait dans le particulier. Aujour-
d'hui ces rapports entre les hommes de lettres
et les riches n'existent plus; ces principes d'égards
et d'harmonie sont inconnus; ce respect pour les
talens a fait place à la plus froide indifférence
envers ceux qui les possèdent. Les seuls écrivains
qui de nos jours jouissent de quelque considération, sont ceux qui par leur patrimoine occupent
un rang dans la société, ou qui par quelques intrigues sont parvenus à s'ouvrir les portes des
nouvelles Académies, et à se frayer le chemin des
emplois. Les autres, en plus grand nombre, lan-
guissent dans l'obscurité et voyent leur génie froissé,
paralysé par les tribulations d'une vie mal aisée.
Si par fois il arrive aux gens en place, aux hommes
en dignité de se souvenir qu'ils existent, ce n'est
que pour leur faire sentir par un stérile intérêt
leur pénible nullité.

28) Rome d'un seul Caton redoute la vertu.

Pour donner une idée de l'inégalité qui caractérise la plume de Matthieu, nous allons rapporter ici plusieurs quatrains qui ne paraissent point de la même touche que les autres. L'obscurité et le ton de trivialité qui y règnent feraient douter qu'ils soient du même auteur, si le manuscrit original que nous avons entre les mains pouvait laisser des doutes à cet égard.

> LE vice aveugle l'ame et son jugement brouille
> Confond le bien au mal, tient que le laid est beau ;
> L'ordure ses délices, ainsi vit la grenouille
> Dans le sale bourbier qu'elle estime un ruisseau.

> AUX plus grandes maisons le vice a faict des brèches
> Dont l'homme pour cela moins clairement ne luict :
> Les meschans ne sont rien aux bons: les branches seiches
> En l'arbre n'ont point part; les vices sont le fruict.

> SI on donnoit la cour aux hommes à l'épreuve
> Personne n'en voudroit quand il l'auroit gousté ;
> Le plus heureux tousiours des miseres y trouve,
> Et scait que son bonheur luy a bien cher cousté !

> NE bastit ton sejour sur l'aresne stérile,
> De la mer, de la cour les bons y sont meschants
> Le temple du Repos estoit aux portes de la ville,
> La faveur est la fleur qui se cueillict aux champs.

29)   Sont des galands en cour les premieres leçons.

Il est probable que Matthieu eut à se plaindre

sur les derniers tems de sa vie, du commerce des grands dont il avait chanté les louanges pendant sa jeunesse. En effet, dès qu'il eut respiré l'air de la cour et qu'il eut été à même de mieux juger ceux qu'il avait exaltés dans ses premiers écrits, il changea ses éloges en satires. Au surplus, ce qu'il dit des courtisans en général, est trop fondé pour qu'il soit possible de censurer le ton d'aigreur qui règne dans ses derniers ouvrages.

30) Il faut premièrement qu'il se rompe le front.

Cette expression ne convient point à la dignité de la poésie ; cependant il serait difficile d'en trouver une autre qui exprimât mieux la bassesse de certains courtisans qui sacrifient tous sentimens d'honneur et de loyauté à leurs passions, à leur fortune et à leur intérêt particulier, et dont la souplesse envers ceux dont ils dépendent, augmente en proportion de la morgue insultante qu'ils déploient envers ceux qu'ils regardent comme au-dessous d'eux.

31) Et ses caresses sont les signes de la mort.

Ce joli quatrain fait honneur à l'esprit de l'auteur. Il annonce en même-tems une profonde étude des grands; il prouve en outre, que de tous tems l'amitié des hommes puissans fut pour les petits un honneur toujours dangereux. En effet, il est difficile de pouvoir en espérer une distinction particulière, si l'on ne peut les intéresser, soit en flattant leurs goûts, leur vanité, soit en caressant leurs passions; mais dès l'instant que l'on ne peut plus leur être nécessaire, ils brisent sans pitié l'instrument dont ils se sont servis, et ils éloignent le témoin de leur faiblesse, dont la présence serait pour eux un sujet de reproches toujours renaissans.

32) Quand on parle des roys on fleschit les genoux.

Le respect dû à l'autorité ne doit point être confondu avec le caractère vil et bas de l'adulation. Rien de plus juste ni de plus naturel que de porter aux pieds des hommes qui nous gouvernent, le tribut d'une admiration légitime et méritée, mais la flatterie, enfant de l'intérêt, se glisse presque toujours parmi les hommages que l'on rend aux grands; et de là provient cette habitude de les encenser jusque dans leurs erreurs.

Heureux, mille fois heureux le souverain véritablement assez éclairé pour ne s'entourer que de sujets sincèremeut dévoués au bonheur de son

peuple, et assez jaloux de sa gloire personnelle
pour ne lui parler que le langage de la vérité ;
mais plus heureux encore lorsque lui-même a le
courage de l'entendre !

33)   Et le lierre abbat le mur qui le soustient.

Cette belle idée exprime parfaitement le plus
odieux de tous les vices, celui de l'ingratitude ;
mais il est aujourd'hui si commun, qu'il faudrait
peut-être en accuser une grande partie de la société. Il en a gagné toutes les classes, même celle
qui par ses principes et son éducation semblerait
devoir en être à l'abri. Quel est l'homme sensible qui, dans le cours de sa vie, ayant eu plusieurs
fois l'occasion d'obliger son semblable, puisse se
flatter de n'avoir pas fait des ingrats !

34)   Et tousiours sans amis se voit la pauvreté.

Il est des vérités que l'on ne peut se lasser
de répéter. La pauvreté est une maladie que chacun fuit avec autant de soin qu'un fléau conta-
gieux. Non seulement on évite la rencontre du
pauvre, parce qu'il ne peut être d'aucune utilité,
mais encore parce qu'on redoute sa présence
comme étant à charge. Cette dénomination est

6

celle que le riche donne à celui que la fortune a réduit dans la dure nécessité d'implorer ses secours. Il faut en faire le pénible aveu ; l'humanité est un vain mot, un sentiment presqu'inconnu, qui fait place à l'égoïsme et à l'intérêt, premier mobile de toutes les actions.

35) **La calomnie afflige en vivant l'innocent.**

La calomnie est un fléau qui attaque indistinctement toutes les classes de la société. Elle s'attache de préférence aux hommes en place, parce qu'ils sont plus exposés à l'envie ; ses poisons sont plus subtils pour eux que pour la classe obscure. En effet, plus la réputation qu'elle attaque a besoin de ménagemens , plus les coups qu'elle lui porte sont cruels. Celui qui a consacré son existence entière au bien de l'humanité, et qui, pour prix de ses sacrifices, voit sur ses derniers momens la calomnie dénaturer la pureté de ses intentions, se sent pour ainsi dire mourir deux fois.

C'est par la raison que personne ne peut éviter un trait lancé dans les ténèbres, que le danger en est plus grand. La loi est plus sévère pour les brigands nocturnes que pour ceux qui attaquent en plein jour : pourquoi faut-il que la loi devienne souvent impuissante pour réprimer les torts irréparables que cause la calomnie?

36)   L'or dans le feu s'affine et l'esprit dans la peine.

L'homme élevé à l'école du malheur, a sans contredit un grand avantage sur celui qui, né dans le sein de la fortune, ne connaît de la vie que les jouissances et les douces illusions. Le génie du premier, froissé par les revers, en devient plus actif, et acquiert une force, une énergie que ne connaîtra jamais celui qui a constamment vécu au sein de l'abondance et de la molesse.

37)   Sa perte a plus d'ennuis que son gain de plaisir.

Un peu de réflexion suffirait pour arrêter le joueur dans ses désordres, si toutefois il était susceptible d'un peu de réflexion, s'il calculait de sang froid, outre la chance des hasards, le nombre des perdans comparé avec celui des gagnans ; et en supposant même que ce nombre fût égal, il serait désabusé s'il mettait dans la balance les jouissances et les remords que font tour à tour éprouver la funeste passion du jeu et ses épouvantables résultats.

Qui n'a vu ces repaires odieux connus sous la dénomination pompeuse et ridicule d'*Académies de jeux*, qui sont autant d'arènes où les passions des hommes se heurtent, s'entre-choquent et se

déclarent la guerre? qui ne connaît les ruses,
les moyens déloyaux, souvent criminels, qui sont
journellement employés pour entraîner dans ces
dangereuses cavernes la jeunesse et l'inexpérience?
Qui n'y a pas été soi-même, dupe de sa confiance
et de sa bonne foi? Enfin, qui n'a pas souvent
gémi en songeant à tous les excès auxquels la soif
insatiable de l'or conduit les joueurs dans ces
repaires de démoralisation? Que de larmes, que
de malheurs, que de crimes, que de suicides
n'ont pas causé les maisons de jeux? En vain il
s'élèverait dans leur sein quelques défenseurs;
en vain le prétendu motif d'utilité qui les soutient
plaiderait en faveur de la tolérance qu'on leur
accorde, depuis long-tems elles sont condamnées
par le tribunal de l'opinion publique. Vainement
une politique spécieuse invoquerait pour elle l'appui des lois; les mœurs et la sûreté de la société
les proscrivent également.

Oh! qu'ils sont coupables aux yeux de la morale
et de la saine philosophie, les hommes qui cal-
culent leur fortune sur la ruine des victimes qu'ils
font journellement, à l'aide de jeux institués
par la mauvaise foi et la cupidité, et qui fondent
leurs plaisirs sur les pleurs du désespoir! Ah!
si les premiers ont à se reprocher peu de déli-
catesse dans leurs moyens d'enchaîner la fortune,
les derniers ne sont pas moins coupables d'im-
prudence en portant volontairement leurs dé-
pouilles entre les mains de gens qui d'avance ont
juré leur perte!

38)   La faveur en la cour est volage et légère.

L'ombre que produit le nuage chassé par les
vents, est moins vacillante et moins incertaine que
la faveur des grands. La protection dont ils nous
honorent n'est qu'une lueur passagère disparais-
sant aussi vîte que les feux rapides que l'on voit
sillonner l'air pendant les brûlantes nuits de l'été.
A la cour, la disgrace est quelque fois aussi su-
bite que la faveur; et le même moment laisse
souvent apercevoir l'élévation et la chûte. L'envie,
cette implacable ennemie des talens et des vertus,
y porte ses coups avec d'autant plus d'assurance,
qu'elle les dirige dans les ténèbres, et la flatterie
qui la seconde y rend ses traits plus aigus, plus
sûrs et plus dangereux.

La foudre qui tombe sur le chêne orgueilleux,
frappe encore le faible arbuste qui croît à ses
pieds. Que de raisons pour se consoler de la perte
de certains avantages qui ne sont que l'aliment
d'une sotte vanité !

39)   On voit viste courir au profit les amis.

La fortune est le thermomètre d'un sentiment
presque toujours méconnu, souvent profané, et

que dans ce monde on nomme *amitié*. Ainsi que les prétendus amis délaissent et abandonnent l'homme naguères puissant et que la fortune vient de disgracier, de même ils courent en foule composer le cortége de celui qui est nouvellement parvenu aux grands emplois, et qui est pourtant le même homme qu'ils dédaignaient dans son obscurité, et à qui quelques jours auparavant ils n'eussent pas daigné accorder le regard d'intérêt que doit toujours inspirer le vrai mérite; alors aucun moyen, aucune bassesse ne leur coûte pour réparer envers lui leur injustice : protestations d'estime, de dévouement et d'amitié, rien n'est épargné; et ce même homme qui avait à s'en plaindre, séduit par l'adulation, ne tarde pas à son tour à tomber dans les erreurs et à se laisser aller aux mêmes faiblesses qu'il blâmait dans les autres.

Tel est l'effet ordinaire des passions; il est rare qu'elles n'étouffent pas dans le cœur des hommes puissans, les principes de modestie que fait germer une éducation privée.

40)   Heureux peuple qui vit sous un roy doux et juste!

L'heureux tems que celui où l'homme de lettres après avoir donné un libre cours à ses idées, peut terminer son ouvrage par l'éloge sincère du monarque qui gouverne sa patrie! Le titre d'historiographe de France, dont Matthieu était revêtu, aurait pu faire envisager cet éloge comme intéressé, s'il était possible que les Français perdissent jamais le souvenir des vertus de *Henri le Grand;* mais ce souvenir sera éternel; la mémoire d'un prince aussi renommé par sa justice, sa sensibilité et son amour pour son peuple, sera dans tous les siècles chérie et respectée.

Dans quelles circonstances plus favorables pouvais-je moi-même donner cette édition des poësies de Matthieu, qu'au moment où la France, arrachée par un prodige inoui à toutes les horreurs d'une révolution dont on n'osait plus envisager le terme, jouit déjà de l'abondance et de la splendeur, malgré les efforts d'une nation rivale et la conduite atroce de son gouvernement.

O Napoléon! qu'aurait écrit Matthieu s'il eût vécu sous votre règne auguste! quelle empreinte de tristesse eussent donc porté ses descriptions de la mort, quand aux regrets ordinaires de quitter la vie, il eût ajouté ceux de ne pouvoir contempler l'achévement des immenses travaux que vous n'avez pas craint d'entreprendre pour rendre à l'un des plus grands, des plus généreux peuples de la terre, sa gloire, son repos, ses mœurs et sa liberté!

Mes lecteurs applaudiront sans doute à cette exclamation que me laissent échapper mon admiration et mon juste enthousiasme pour le héros qui nous gouverne, et qui par ses vertus guerrières et politiques, a su même se dérober aux viles caresses de la flatterie.

Placé dans une conjoncture encore plus favorable que Matthieu, l'indépendance de mon existence que je dois à mon seul travail, m'affranchit de toutes ces considérations que les gens de cour ne peuvent jamais perdre de vue. J'ose croire que la franchise et la sorte de courage avec lesquels j'ai rédigé ces notes, auront suffi pour prouver à mes lecteurs que l'auguste vérité a seule conduit ma plume, et je ne dois pas, plus que Matthieu, négliger l'heureuse occasion de rendre mon hommage au souverain, qui, comme Henri IV, ne s'occupe chaque jour que de la gloire et du bonheur de son peuple

HENRI par ses vertus autant que par sa gloire,
Avait conquis l'amour et le cœur des Français;
Un héros plus fameux, retraçant son histoire,
Le surpasse en grandeur et l'égale en bienfaits.

FIN DES NOTES.